엘리트 시선 52

메밀꽃 필 때

김덕신 시집

엘리트출판사

김덕신 시집

메밀꽃 필 때

엘리트출판사

시는 마음의 거울

중학교 다닐 때 담임선생님이 글재주가 있다고 백일장에 나가 보라고 하여 나갔었는데, 그 후로는 사생활로 바쁘다 보니 시를 쓴다는 것은 생각도 못 했습니다.

어느 날 친구가 김동명 문학관에 견학 가자고 하여 따라갔는데 차 안에서 오행시를 쓰라고 용지를 나누어 주기에 이곳은 시인들 만 가는데 나는 생각도 안 했지요. 그래도 생각나는 대로 써보자 하여 '어머니의 손'이라는 오행시를 썼는데 당선이 되어 얼마나 기쁘던지 그때부터 시를 쓰기 시작했어요.

부족하지만 시를 써놓고 보면 마음이 흐뭇하고 편안하며 시는 마음의 거울이랄까 한 편 두 편 쓰다 보니 고희(古稀)를 넘어 산수 (傘壽)를 바라보면서 첫 시집의 인연을 만들어 주신 장현경 평론가 님과 마영임 편집 국장님께 깊이 감사를 드립니다.

또한, 나의 글을 접하시는 독자님 여러분께서도 한 줄기 희망과 꿈, 보탬과 느낌을 드릴 수 있다면 큰 영광으로 생각하겠습니다. 나를 응원해 주는, 사랑하는 내 가족에게도 이 기쁨을 함께합니다. 아울러 문학의 전당인 청계문학의 무궁한 발전을 기원합니다.

2023년 1월
선영(仙映) 김 덕 신

삶의 의미를 깨닫게 되기를

이홍규(큰 믿음 유신교회 담임목사)

시를 쓴다는 것은 아마도 고요함의 즐김입니다.
고요함 속에서만이 꽃들이 말하는 소리가 들려지고,
해와 달이 노래하는 것 그리고 꽃이 피고 지는 것의 의미와 함께
인생이 가진 온갖 무게들에 대한 의미들 또한
깨달아지기 때문입니다.

또한 그것을 시로 풀어내는 것은 최고의 아름다움입니다.
그 모든 것이 의미로 경험되어지고
그것이 자양분 되어 나만의 꽃으로 피어짐이 된 것이기 때문입니다.
그러므로 너무나 고마운 축복입니다.

김덕신 시인이 자기의 삶과 주변의 사소한 것들 하나하나를
멋진 이야기들로 풀어내게 됨이 참 좋습니다.
마치, 산골 소녀의 순박함이 가득 묻어나 있음이 느껴져서
더욱 좋습니다.
그만큼 자신의 삶을 잘 살았음에 대한 열매이기 때문입니다.

사랑하고 축복합니다.

어머님 시집 출간을 축하드립니다

예전에 저희 가족중에서 처음으로 운전면허를 취득하실 때 어머니를 보면서 7전8기 끝까지 포기하지 않으시고 결과를 얻은 어머니가 대단하시다 생각했습니다. 다른 사람들은 그 연세에 면허증은 왜 따시려고 하냐고 말하면 우스게소리로 나이가 뭐 중요하냐고 말씀하시던 어머니가 떠오르네요.

새로운 도전에 많은 어려움도 있으실텐데 결실을 보시는 어머니 존경합니다.

시를 쓰신다는 이야기를 듣고 얼마나 많은 준비를 하고 계셨을까 하는 생각이 들면서 시란 생각이나 느끼는 감정을 잘 드러나게 표현하는 언어라는데 일상에서 어머니는 어떤 감정을 느끼며 살아오셨을까 궁금했습니다.

어머니의 시를 읽으면서 일상에서의 따뜻함이 전달되는 듯 했습니다. 앞으로도 항상 건강하시고 지금의 이런 따뜻한 감성을 가지고 좋은 글 쓰시며 어머니 옆에는 항상 가족들이 함께하고 있습니다. 어머니 사랑합니다.

아들 김용재

시집 출간을 축하드립니다

처음 시댁에 인사가는 날 너무 떨리고 긴장되고 무서웠습니다. 식당에서 인사를 하고 앉아서 식사를 기다리는데 어머니께서 내 손을 잡으며 만나서 반가워요 하시며 환영해 주시는데 환하게 웃 어주시던 어머니 모습이 천사같았고 안심이 되었습니다. 결혼한 지 18년 째 여전히 천사같으신 우리 어머니

　어느 날 어머니가 시인이 되셨다고 말씀하시며 시집책을 저에 게 주셔서 읽어보니 밝고 예쁜 소녀같은 느낌이 들었어요 어머니 훌륭하셔요.

　자식 손자 손녀들을 위해 기도로 하루를 시작하시는 어머니가 계시기에 우리가 걱정없이 잘 살고 있는 것 같습니다.

　어머니 너무 무리하시지 마시고 건강 잘 챙겨 가시면서 좋은 따 뜻한 글 쓰세요 사랑합니다.

　　　　　　　　　　　　　　　　　　　　　　며느리 전애순

기쁨과 소망

아침에 눈을 뜨니
햇빛이 창가에 들어와
나를 보고 활짝 웃으며
잘 잤느냐고 속삭이네

오늘 하루도 온유하고
겸손한 마음으로 살라 하네
만나는 누구든 기쁨과 소망
사랑으로 감싸 안으라 하네

밝은 해야 너는 날마다
우주 만물을 다 비춰주니
마음이 넓구나
그 넓은 마음
나에게도 주렴!

제1부 가는 겨울이 아쉬워

제2부 둘이 걷는 길

제3부 희망찬 내일

제4부 가을은 요술쟁이

제5부 삶을 그리며

제1부

가는 겨울이 아쉬워

세월 앞에 어쩌랴
얼음장 밑으로
졸졸 졸 흐르는 물소리

봄바람

봄바람에 꽃향기 싣고 솔솔
예쁜 벚꽃 봄바람에 춤추네

매화 향기 날리니 어디까지
날아갈까 봐

꽃 내음 속에 희망의 속삭임
우리의 마음 편안하고

하루의 일과 속에
콧노래 부르며 사노라면
모든 것이 만사형통한
일만 있으리라

봄은 언제나
소망과 희망을 주는 계절.

봄이 오고

아이 추워
손을 호호 불던 때가
엊그제 같은데

촉촉하게 단비로
온 세상 적셔주니
산천초목이 춤추며
어느 사이
내 곁에 소리 없이 찾아와

따사로운 햇볕으로
나를 살짝 감싸주네

노란 개나리, 연분홍 진달래
햇빛에 반사되어 한층 더 예쁘고

바람결에 살랑살랑 웃으며
꽃잎이 내 옷깃을 스치며
봄이 왔노라고 속삭이네!

작은 씨앗 하나

실바람 타고 살랑살랑 춤추며
어디에서 날아왔는지 작은 씨앗 하나

아무것도 없는 돌 틈 속에서
뿌리를 깊이 내리며
생명을 유지하기 위해

있는 힘을 다해 자리 잡고
이슬과 비바람 햇빛 먹으며
자라는 외로운 이름 모를 풀꽃

봄이 되니 싹이 나고 무성하게 자라
꽃송이마다 예쁜 꽃 피우니
노랑나비 날아와 살짝 입 맞추고

사뿐사뿐 춤추며 나를 키워준
자연과 벌 나비.

겨울은 가고

새해맞이가 엊그제 같은데
벌써 2월이 지나고
따스한 햇볕이 온 누리에 펼치니

봄인 듯 내 마음 설레고
둘레길 걸으며
매화 꽃나무 살펴보니
작은 꽃봉오리 예쁘게
움이 트네

추운 겨울 눈보라 속에서도
또 한해의 꽃을 피우기 위해
잘도 견디었구나

이제 조금 있으면 방긋 웃으며
아름다운 향기 흩날리면
보는 이마다 환하게 웃겠지!

봄나물

화창한 봄날 친구와 봄나들이
대야미역에서 내려

그곳은
아파트 짓기 위한 철거지역
논밭 어디든 나물 뜯기 좋아

예전엔 농번기면 일들을 많이 하는데
나물 캔다고 다니면 조금 미안해

지금은 마음이 편안해 쑥과 냉이
미나리 삶아 묻히고 쑥국 끓여

온 식구 먹는 모습만 보아도
행복하고 쑥국은 속이 편안하며
맛도 좋고 몸에도 좋은 영양제.

가는 겨울이 아쉬워

마지막 가는 겨울이
못내 아쉬워 꽃샘추위

살을 에는 매서운 바람
장독을 깬다는 말이 있듯이
살 속을 파고드네

세월 앞에 어쩌랴
얼음장 밑으로
졸졸 졸 흐르는 물소리

땅속에서 봄 내음
봄이 오는 소리
버들강아지 살그머니 실눈 뜨네!

살구나무

우리 아파트 살구나무
봄이 되니 파릇파릇 잎이 나고

조그만 열매가 주렁주렁
예쁘다

이제는 먹음직스러운데
아무도 따는 이 없으니

열매가 땅에 떨어져 깨지고 썩어
위생상 좋지 않네

과수원에 심었으면
사랑받으며 누구의 입을
즐겁게 해주었을 텐데
조금은 안타깝네!

봄

가을이 지나 겨울이 되니
온갖 꽃도 지고
나뭇잎 다 떨어져
앙상한 가지만 남아

혹한의 추운 겨울
모진 비바람과 눈보라 속에
이젠 다 죽었다고 생각했는데

어떻게 봄인 줄 알고
노란 새싹을 쏙 땅속에서 내민다
겨우내 눈비로 뿌리가 물을 먹고
살았나 보다

파릇파릇 새싹으로 나무가 파랗게
새 옷으로 갈아입고
봄이 되었다고 알려준다

봄은 힘과 희망으로
우리의 마음을
기쁘게 해주는 계절.

봄소식

하얀 눈꽃 속에서도
추운 겨울 지내며

파릇파릇 보리와 냉이 쑥
소리 없이 자라고 있었네

고요한 적막 속에서도
자신의 임무를 다하듯

몸부림치며 새싹들이 움트고
봄의 소식은 온 세상에 전하네

자연의 신비 속에
새 희망과 소망을 주는 봄.

벗꽃과 사진

요즈음 벚꽃이 호화찬란하고
햇빛에 반사되어 더 예쁘네

너도나도 꽃구경한다고
삼삼오오 산과 고궁 둘레길
사진 찍는다고 찰칵찰칵
찍는 모습도 여러 가지

꽃가지 살짝 내려 볼에 대고
옆으로 멋 내며 또는 앉아서

구경하는 것도 재미있네
나는 어떻게 찍으면 잘 나올까
상상의 나래 펼친다.

아지랑이

포근하고 싱그러운 봄이
어느 사이 내 곁에
살짝 다가와

꽃 내음 물씬 풍기며
예쁜 꽃망울 터트리니
그 향기에 젖어 드네

정원에 앉아 따스한 햇볕 쬐니
아지랑이 하늘하늘 춤추며
하늘로 올라가네!

비 온 후의 상쾌함

비가 온 후에 상쾌함
이루 말할 수 없이
깨끗하고 공기도 맑아
숨쉬기도 편하고
기분도 좋다

나무도 윤이 나고
뿌리에서 물을 끌어 올려
튼튼하게 자란다

우리 눈으로
볼 수는 없지만
나무도 꽃들도
자연의 이치 속에서
비 온 후에 잘 자라고
꽃이 핀다.

매화꽃

우리 동네 매화나무
봄이면 호화찬란하게 피어
산수화 그려 놓은 듯 예쁘다

가로수와 둘레길 거닐면
공기도 맑고 꽃향기를
뿌린 듯 향기롭다

아쉬운 건 조금 있으면 꽃잎이
하늘하늘 춤추며 떨어지는데
연분홍 꽃잎
밟기가 너무 아깝다

꽃이 떨어지면서 잎이 나면
그것도 시원한 그늘을 만들어주니
여름을 시원하게 보낼 수 있어
모든 것이 감사한 것뿐이로다.

할미꽃

예전엔 뒷동산에 올라가 보면
할미꽃이 많았던 것 같은데
요즘은 보기가 드물다

옛날 전설에 나오는 꽃인가
어쩌다가 허리가 꾸부러졌는지
쓰러질 것만 같아
얼굴이 땅에 닿을 것만 같아
안타깝네

젊어서는 연지 찍고 곤지 찍고
할미꽃도 예뻤을 텐데

우리 인생도 젊어서는 예쁜데
서러운 인생살이
늙으면 볼품이 없네!

제2부

둘이 걷는 길

흐르는 물소리
숲속의 향기
지저귀는 새소리

혼자가 아닌 둘이 걷는 길
먼 길도 가깝네.

바다와 삶

파도가 밀려오듯
출렁이는 황혼 물결

색색이 구름도
물결 따라 춤추네

갈매기 끼룩끼룩
돛단배 노 저어 가네

물이 흐르다가 바위를 만나면
돌아서 가듯

우리의 삶이
힘들고 괴로워도
주어진 삶에 노 저어 가듯

물이 돌아가듯
순리대로 살아간다면
즐겁고 보람된 날만 있으리.

제비꽃

들에 핀 제비꽃
누가 돌보는 이 없어도
청초하고 예쁘게 피었네

가끔 나비가 날아와
맴돌다가 입 맞추고
좋아라, 한들한들 춤추네

나비와 제비꽃
사랑의 속삭임인가.

우주 만상

파란 하늘에 하얀 뭉게구름
두둥실 그림을 그리고

나무들은 바람에 흔들려
예쁜 곡조로 노래하고

새들은 짹짹
장단 맞춰 주고

꽃들은 한들한들 바람결에
살랑살랑 춤을 추네

시냇물은 졸졸 노래하며
넓은 세상 보고 싶어

강으로 바다로 흘러가고
햇빛은 온 세상 비춰 주며

밝은 마음으로 즐겁게
웃으며 살라 하네.

행복 찾아

장미꽃 향기
그 향기 정말 좋아
향기는 좋은데
가시가 있어서 아프다

사랑은 누구나 다 좋아한다
뜨거운 사랑 애틋한 사랑
아기자기한 사랑
그 사랑이 떠나갈 때
마음이 아프다

가시 없는 장미
눈물 없는 사랑

혹시 저 산 너머엔
향기만 있고
행복만 있다면
그곳에 가고 싶다.

앵두

청계문학회에 가니
테이블 위에 놓인 꽃병

누가 갖다 놓았을까
앵두나무에 빨간 앵두가
주렁주렁 탱글탱글
열려있는데

예전엔
그렇게 예쁜 걸 몰랐는데
오늘 보니 정말 예쁘네

나의 삶도 결실도
예쁘게 이루어지길!

코로나19

우리 국민
잘살기 위해 고생하며 서로 협조해서
노력하고 있는데

매스컴에서 나오는 소식 듣고
온 세상이 떠들썩
작은 세균에 벌벌 떨며
모두가 마스크를 쓰고 다닌다

답답함을 참으며
서로 경계하고
예전에는 함께 오면
하하 호호
요즘에는 의심의 눈초리로
확인하려 든다

언제쯤 코로나19가 없어지고
같이 모여 커피 한 잔의 여유를
가질 때가 올는지

정담 나누던 그때가 그립구나!

파란 하늘

맑게 갠 파란 하늘
상쾌하게 산들산들
부는 바람

우리의 마음을
즐겁게 하는 이 순간이
축복이네

비우면 채워지고
채우면 비워지는 것이
우리의 인생인 것을

변함없이 찾아와 주는
선물 같은 복된 날들

보람있게 기쁨으로
멋있게 살아가세!

마늘

따사로운 햇살 받으며
여물어가는 마늘 꾸러미

자기 보호를 위해 겹겹이 싸고 또 싸서
집을 지었네
얼마나 튼튼한지 하얀 속살 나오게 하려면
손톱 밑 살이 아프다
얼마나 매섭고 아린지

그런 고통과 수고로
우리 입에 들어오듯
우리의 삶도 그러하리

7월 8월이면 어느 집으로 팔려 갈지
식당마다 요리에 없어서는 안 될
귀한 마늘.

둘이 걷는 길

고요한 산속을 걸으면
마음이 상쾌하고 편안하며

흐르는 물소리
숲속의 향기
지저귀는 새소리

시원한 맑은 공기 마시며
소담 나누며 힘든 줄 모르고
즐겁게 갈 수 있으니

혼자가 아닌 둘이 걷는 길
먼 길도 가깝네.

숲속의 소리

깊은 산속 뻐꾸기 소리
청아하게 들리고

숲속에서 흐르는 물소리
가야금 치는 소리로 들리네

맑은 공기 마시니
모든 근심 사라지고

살랑살랑 불어오는 바람 소리
꽃들도 나풀나풀 춤을 추네

들마루에 누워
하늘의 그림을 보며
사르르 잠이 드네.

보리밭 밟기

학교 다닐 때 추운 겨울 손을 호호 불며
보리밭 밟던 때가 생각난다

왜 보리밭을 밟아 주어야 하는지 알지도
못하고 친구들과 신이 나서 추운 줄도 모르고
보리밭 밟았던 기억 이제는 알 것 같다

가을부터 겨울 동안 보리를 발로 밟아주면
뿌리가 땅속 깊은 곳까지 파고들어
더 많은 수분을 흡수하고 겨울철 땅속
수분이 얼면서 땅 위의 표면을 들어 올리는
현상을 서릿발 작용이라고 하는데

올려진 상태에서 식물이 죽을 수 있어
자주 흙을 밟아 주어 뿌리가 얼지 않도록
예방한다는 자연의 이치 속에 사람의
도움으로 보리가 자라듯

우리의 삶 속에서도
아픈 고통을 견디면서 지인의 도움과 인도로
새 희망과 꿈을 펼쳐
나간다면 언젠가는 기쁨의 날이 오리라.

오늘의 삶

이른 아침 창가에서 뻐꾸기 소리
뻐꾹뻐꾹 나를 깨운다

상쾌한 하루의 시작
꽃향기 가득한 라일락꽃처럼

오늘도 희망의 날개 펼치며
사랑이 가득한 삶을 살 수 있는 것은
하나님이 내게 주신 행복

항상 온유하고 겸손한 마음으로
주님의 사랑 안에서 살리라.

폭포수

깊은 계곡의 폭포수
쏟아지는 음이온 맞으며

가족들과 함께 정담 나누고
손자 손녀들의 노는 모습 보며

우리의 어릴 적 모습도 그려보고
맛있는 다과 먹으며

차가운 물에 발 담그고 있으니
세상 부러운 것이 없네!

휴가

가족과 소 난지도로 휴가를 가는데
도로가 꽉 막혀 차가 움직이질 않는다

많은 시간이 걸려 목적지에 도착
파란 하늘에 하얀 솜털 구름 두둥실
떠가고 갈매기 끼룩끼룩 파도 소리
철썩철썩 밀려왔다 밀려가는 소리
고요함 속의 전율이 흐르듯 음악 소리로 들리네

저 멀리 수평선 바라보니 마음이 확 트이며
왠지 평안함 그래서 바닷가를 찾는
사람들이 많은 걸까?

손녀가 새우깡 먹다가 갈매기 한 마리 보여
던져주었더니 순식간에 어디서 날아왔는지
수십 마리 주는 대로 받아먹다가 새우깡
다 던져주고 없으니 어디론가 다 날아가고
손녀와 바닷가 거닐며 내가 노래를 부르니

할머니 목소리는 천상의 목소리예요
저도 할머니같이 노래를 잘할 수 있을까요?
그럼, 할머니 닮아서 잘할 수 있단다
저녁 메뉴는 아들들이 낚시해서 잡아 온
우럭회와 찌개로 즐거운 만찬이 되었다.

인생

깊어가는 가을의 정취
꽃향기에 어우러진 숲속의 향기
울긋불긋 예쁘게
그림을 그려놓고

바람결에 한 잎 두 잎 떨어져
온천지 수채화 그리면서
어디까지 날아갈까

나무 사이에 이불도 되어주고
누가 주워 책갈피에
끼우기도 하겠지

겨울 지나고 봄이 오면
또다시 싹이 나고 꽃이 피겠지
우리 인생 한번 왔다 가면
못 오는데

사는 날 동안 보람있게
행복하게 살다 가자.

중복 더위

오늘은 중복
왠지 말만 들어도 더운 것 같다
중복이 지나면
뜨거운 햇살이 벼가 익으라고
더 뜨겁겠지

시원한 계곡에서
발 담그고 폭포수를 맞으면
더위를 이겨낼 수 있겠지

복날에 비 오면 청산 보은 큰 아기
눈물 흘린다는 말이 있는데

복날마다 꽃이 피는 대추나무에
비가 와 꽃이 떨어지면
대추 흉년이 들어
시집가기 어려워진다는 데서
유래한 이야기라고 한다.

나그넷길

이 세상 지나는 나그넷길
산전수전 다 겪으며 살다 보니
어느덧 고희를 넘어 산수를 바라보네

머리는 호호백발 눈은 침침
귀도 잘 안 들려 다시 또 묻고
온몸은 여기저기 고장 나니
고쳐가며 사는 고된 인생길

언제나 이 세상 숟가락 졸업할지
아무도 몰라
사는 날 동안 기쁘고 즐겁게
웃으며 살면서

주님이 주신 축복 누리며
행복하게 살다가 저 하늘에서
부르는 날 기쁨으로 아멘!
할렐루야 주님 품에 안기리라.

제3부

희망찬 내일

선한 마음 좋은 생각
희망찬 내일을 바라보며

칭송받는 그런 사람으로
살고 있는지 뒤돌아보자.

결실의 계절

산에는 울긋불긋
산수화 그려놓고

들에는 노란 벼 이삭
황금색 띠고

과수원은 온갖 과일로
풍성하고 탐스럽네

햇빛과 비와 구름
바람으로 또한
농부의 손길을 통해
결실을 보니

감사하다고
하늘에 인사하네!

가로수길

멋진 가로수길
가을의 단풍잎

은행나무 숲
맑은 공기 마시며

천금을 주고도
살 수 없는 산소

둘레길 걷는 발걸음
아, 환상에 젖는다.

빨간 사과

햇볕에 반사되어
반짝반짝 빛나네

보기만 해도
눈이 환하게 웃네
코와 입이 쌩긋 웃네

탐스럽게 익은 빨간 사과
예쁘고 풍성하게

한입 아삭아삭 새콤달콤
입안 가득 사과 향기
아, 그 맛
금상첨화의 맛!

해바라기

햇빛에 반사되어
노란색이 더
찬란하게 빛나네

하늘의 해를 바라보고
해가 가는 쪽으로
따라가며 웃네

세상 구경하다가
가을이면 알알이
토실토실 익어

겸손한 마음으로
고개 숙이고
주인을 기다리네!

희망찬 내일

소리 없이 흐르는 세월
오늘도 해가 저물어가네
하루하루 뜻깊고 보람 있는
생활하며 살고 있는지

선한 마음 좋은 생각
희망찬 내일을 바라보며
발걸음 가볍고 산뜻하게
자연의 푸른 들판 거닐며

들풀은 꽃을 피우고
나무는 열매 맺듯

우리도 이상의 꽃과
열매 맺는 나무처럼

칭송받는 그런 사람으로
살고 있는지 뒤돌아보자.

가을

가을 하면
먼저 떠오르는
푸른 하늘과 시원한 바람

한들한들 춤추며 떨어지는
빨간 단풍잎 편지
코스모스 잠자리 들국화

그 잎사귀와 꽃잎들
자기의 향취 풍기며

오곡백과 풍성한 과일
보기만 해도 부자 된 듯
마음마저 든든하고

가을 향기 묻어나는
향수에 젖네.

관악산

관악산 계곡마다
울긋불긋 때때옷 갈아입으니

보는 이로 하여금
마음과 눈이 편안하고
맑은 공기 마시니
최고의 안식처

그 색깔마다 독특한 향기에
도취하여 예쁘고 사랑스럽다

조금 있으면 바람에 흔들려
잎들이 다 떨어져
앙상한 가지만 남겠지

떨어진 잎들이
추운 겨울 이불이 되어
따뜻하게 덮어주고
겨울잠 잘 자고

봄에 다시 일어나
꽃 피우라 하네.

단풍잎

산책로를 걷다 보니
예쁜 단풍잎 하나 주워보니
정말 예쁘다

어쩌면 봄에는 파란색이더니
가을이 되니 노란 빨간빛으로
물들었네

초겨울이 되니 낙엽이 우수수
떨어져 바람결에 살랑살랑
춤추며 날아가네

공원의 잔디 아니면 숲길
보는 사람의 마음을 즐겁게
또는 쓸쓸하게도 각 사람의
마음에 따라 다 다르겠지.

어항 속 금붕어

어항 속 금붕어
강처럼
넓은 줄 알고
자유자재로 오르내리며

이쪽저쪽 부딪히지도 않고
예쁜 꼬리 살랑살랑 흔들며

뻐끔뻐끔 물방울 놀이
놀고 있는 모습을 보면

평화로운 어항 속 세상
시간 가는 줄도 모르고
마음이 편안하다.

한여름 무더위

친구가 카톡으로
안부를 묻는다
소식이 없으니
궁금하다고

요즘 날씨가 너무 더워
어디 갈 수도 없고

마음 같아서는
숲속이나 계곡에라도
가고 싶지만

지칠까 봐
집에서 에어컨 틀고
아이스 커피에
수박 먹으며
TV 보고 있으니
천하에 부러울 게 없네!

메밀꽃 필 때

메밀전병과 국수
맛있게 만들고

밀가루 호박빵
정성 들여 만들어

꽃가루 솔솔 뿌려
풍성하고 예쁘게

필요한 내 사랑에게
보내었더니

때마침 그날이
생일이라 하여
축하 파티 열었다네!

바닷가

해 질 무렵 붉게 물든
황혼의 바닷가

바다에 비치는 그 햇살
황홀함에 젖는 것 같다

나룻배 떠가고 조개 줍는 사람
갈매기 훨훨 날아간다

어디로 가는 걸까
기쁜 소식 전하러 가는 걸까

저 멀리 수평선 바라보면
마음이 확 트이며 편안하다.

수박

마트에서 과일을 사려고 하니
마땅한 게 없어
그냥 돌아서 나오려다 보니

보름달 같은 수박이 눈에 띄어
이 무더운 날씨에는
수박이 최고이겠구나
나는 무거워서 배달시켰다

수박을 냉장고에 넣었다가
칼로 자르니 속은 빨간색
겉은 청색

입맛만 다셔도
침이 입가에 맴도는 수박
감탄사가 절로 나온다.

가뭄과 비

요즈음 비가 오지 않아
저 아랫지방에는 땅이 갈라져
어려운 실정

비 오기를 고대하던 중
반가운 빗방울 소리 우두둑
잠깐 사이 온 땅이 흥건하다

나무들이 좋다고 춤추고
만물이 깨끗하게 청소되어
공기도 맑아 상쾌한 느낌

농사지을 만큼
비가 흡족하게 내려
올가을에 농사가 잘되었다는
소식이 들려왔으면.

매미 소리

햇볕이 뜨겁게
온 세상 비추니

길 가던 나그네
얼굴에
땀방울이 송골송골

힘이 들어 정자나무 아래에서
한숨 돌리고 가려니

매미가 잘 오셨다고
내 노래 듣고 가시라네

맴맴 맴 스르르
땀 식히고
천천히 가시라고 하네!

여름의 계곡

시냇물 소리 졸졸 졸
조용히 노래하고
비 온 후의 계곡
물소리 웅장하게 흐르네

더러운 찌꺼기
말끔히 쓸어가 깨끗하다

하얀 눈처럼 폭포
쏟아지는 멋진 계곡 풍경

상상만 해도
몸과 마음이 시원하다.

자연의 동산

뻐꾸기 소리 뻐꾹뻐꾹
청아하게 들리는
자연의 동산

고추잠자리 사뿐사뿐 춤추고
벌 나비 꽃마다 날아다니며
씨앗 잘 맺으라고
꽃 수술 섞어주며 입 맞추네

저 멀리 수평선 유유히
흘러가는 조각구름
계곡에서 졸졸 흐르는 시냇물 소리
자장가로 들리네

근심 걱정 없는 평안함
마음의 수양을 얻는 곳
이곳이 바로 에덴동산인가!

메밀꽃 필 때

제4부

가을은 요술쟁이

가을은 천고마비의 계절
모두의 마음을
기쁘고 풍요롭게 하는
요술쟁이.

초겨울의 나뭇잎

나뭇잎이 한 잎 두 잎
떨어지는 소리
초겨울을 알리는 듯
왠지 쓸쓸하다

조금 있으면 누구나
손을 호호 호
발을 동동 동
구를 때가 곧 오겠지

김장 준비하라고
월동 준비하라고
초겨울의 나뭇잎
우수수 떨어지네!

겨울 청국장

추운 겨울
함박눈이 오는 날
따뜻한 아랫목에 앉아

따끈따끈한 청국장
보글보글 자글자글
뚝배기에 끓여 놓고

온 식구 둘러앉아
보리밥에 맛있게
비벼 먹으니

정말 맛있네!

정월 대보름

보름달 환하게 비추는 밤
친구들과 함께 보며
오곡밥과 아홉 가지 나물을 먹으며
하하 호호 정감 나누네

쥐불놀이도 하고
달 보고 소원도 빌고
손에 손잡고 빙글빙글 돌면서
강강술래
우리 마을에 복 들어온다
우리 마을 태평성대
강강술래

노래 부르며 놀던 그때
그 시절이 그리워진다.

옛 시절의 추억

1960년대
옛 시절을 아시나요
초등학교 시험 보는 날
가방을 벽 삼아 시험 보던
그 시절의 추억

겨울이면 난로 위에
도시락 쌓아 데워서
점심시간 뜨끈한 밥
흔들어 비벼 먹던 그 추억

땔감이 부족해 나무를 해서
지게로 날라 아궁이에 불 지피고
언니 오빠가 동생을 업어
키우던 그 시절을

세탁기가 없던 시절
냇가에 앉아 철썩철썩
방망이로 빨래 두드리는 소리
동네 아낙네들 모여 이야기하며
모든 정보의 장이었지.

그리움

한없이 흐르는 세월 속에
말도 없이 잘도 가는구나
아무도 잡을 자 없으니

사계절은 잘도 바뀌고
시간은 째깍째깍
쳇바퀴 돌 듯 잘 돌고

지나간 모든 것이
그리움으로 남는구나.

붕어빵

어느 추운 겨울
눈보라가 휘날리는데

붕어빵 가게 앞을 지나는데
그 빵 냄새가
어찌 그리 좋던지

나를 유혹하기도 하고
먹고 싶기도 하여 사서
먹으며 손도 녹이고

누가 하나 숨겨도
모를 정도로 입안에서
살살 녹는 붕어빵.

겨울 준비

무더웠던 여름
매미 소리 맴맴
귀에 쟁쟁하더니

어느새 소리도 없이
떠나가고 귀뚜라미
소리도 들리지 않네

고요한 적막 속에 바람이
부는 대로 춤추는 낙엽
어느 창가에 문을 두드리네

올겨울은 유난히 더
추울 거라고 겨울 준비
단단히 하라고 속삭이네!

우울증

타동네로 이사 오고 보니
아는 사람 없고
살던 동네로 차 타고
자주 갈 수도 없고

집에 있다 보니
왠지 쓸쓸하기만 하다

이 세상
허무한 것 같은 생각
어느 날 친구와
모 교회에 갔는데
그 목사님 잠깐 기도하시더니
우울증이란다

그곳에서 가끔
성경 공부를 하다 보니
우울증이 사라졌다.

유부초밥

저녁 무렵
단골 식당에 가보니 문을 닫았네

식당을 찾다가 초밥집이
눈에 띄어 초밥을 시켰는데
풍성하고 먹음직스럽다

한 접시에 4개씩 놓여 있어
맛있게 먹고 있는 중
밑에 무슨 글자가 보여
뭐라고 썼나 궁금하여
초밥을 들고 글자를 보는 순간
'집 나오면 개고생한다'는
문구가 쓰여 있다

떨어뜨린 밥알 주워 먹느라고
고생했는데
조심해서 먹으라는 뜻이었나!

추석 명절

오늘은 추석 명절
이곳저곳에서 모인 식구들
웃음 가득
호호 하하 즐겁구나

오랜만에 만난 혈육 보름달 같아
눈에 넣어도 안 아플
내 손자 손녀들

어화둥둥 내 사랑아
이렇게 기쁠 수가
풍요로운 한가위
마음도 음식도 넉넉하고
웃음소리 집안에 울려 퍼지니

집안에 복이 저절로 들어오는
즐거운 추석 명절
하는 일마다 만사형통하리라.

들국화

가을 들녘을 환하게 비추는
노란 들국화

어머니의 사랑을 담은 꽃
살랑살랑 산들바람이 불면
가녀린 온몸을 흔들어
온천지 예쁘게 장식하니
보는 이로 하여금 환하게 웃네

꽃말은 쾌활함
우리 인생도 들국화처럼
역경을 헤쳐 나가는 삶

국화꽃은 약재로 쓰이며
국화차로도 일품.

가을 낙엽

세월 따라
꽃이 피고 열매가 열리니
보기에 참 예쁘구나

어느 사이 내 머리에는
하얀 낙엽이 바람 따라
흩날리고 있구나

가는 세월 잡을 수도
잡히지도 않으니
남은 인생길
무탈하게 살아가리

앞으로도
좋은 일 선한 일로
후회 없이
건강하게 살리라!

가을은 요술쟁이

가을이 오는 소리
하늘 높고 푸르며

더위에 힘들었던
몸과 마음
선선한 바람으로
상쾌하게 녹여주고

꽃과 과일 풍성하고
각자의 향기 자랑하며
하늘에 감사하네

가을은 천고마비의 계절
모두의 마음을
기쁘고 풍요롭게 하는
요술쟁이.

코스모스

높고 푸른 가을 하늘
하얀 뭉게구름 두둥실
분홍색 빨간색 꼬까옷
갈아입고

바람결에 한들한들
코스모스 춤추니

잠자리 날아와서
살짝 입 맞추고
살랑살랑
같이 춤추자 하네!

미완성

잡을래야
잡을 수도 없고
멈추게 하고 싶은데
멈추게도 안 되고

시간 따라
세월 따라 가다 보니
어느새 하얀 백발이 되었네

이 육신 무너지면
영혼은 어디로 가나
천국과 지옥
두 갈래 길밖에 없는데

그동안 정직하게
착하게 살았는지
나의 뒤를 돌아보며
잘못된 것은 하나님 앞에 회개합니다

나를 위해
십자가에 피 흘려
나 대신 죗값을 치러주신
예수님께 감사드립니다.

황혼의 멋진 삶

세월 따라 익어가는
우리네 인생
지나고 보면
모두가 그리운 것

같이 가는 이 길에
당신이 있어 행복하네

가을 들꽃처럼 향기롭고
풍성한 열매 무르익어
따뜻한 배려와 사랑 나누며
즐겁고 행복하게
모든 사람에게
웃음과 기쁨 주는
함박꽃처럼

황혼의 멋진 삶을
건강하게 사는 그날까지.

귀뚜라미 소리 들릴 때

요즘 조석으로
서늘한 바람이
살짝 옷깃을 여미게 하네

말복 지났다고
금세 기후가 싹 바뀌는지
매미 소리 맴맴 맴

저녁이면
귀뚜라미 소리 귀뚤귀뚤
적막을 깨우네

한낮엔 오곡백과(五穀百果) 무르익어
추석 명절 잘 세라고
따끈따끈 익어가는 황금물결.

사랑과 행복

사랑과 행복이 무엇인지
알지도 못한 내게
사랑과 행복 가르쳐 주네

같이 걷던 오솔길 혼자 걸으니
하염없는 눈물이 빗물 되어 흐르네
믿었던 만큼 미움도 커지고
잊어보려 포도주도 마셔보지만
웬걸 더 생생하네

그러던 어느 날 다시 돌아와
나와 결혼하자네
밉기도 하였지만 나도 싫지 않아
웨딩드레스 입었네

금혼식이 되도록 살았으니
잘살았지
남은 여생 건강하게만 살아주길 소망하네!

제5부

삶을 그리며

그 꽃 피우기 위해
긴긴 세월
문학소녀의 꿈을 꾼다

어머니의 손

김매는 어머니의 손등에
동동 구리무 발라 드려
명주처럼 곱고
예쁜 손

부드럽게 문질러서
학의 날개와 같이
곱게
만들어 드리자.

만남

아름다운 마음 따뜻하고
향긋한 꽃향기
언제나 변함없는 소나무

고운 인연으로 만나
우리 서로 사랑하기에
안 보면 보고 싶다
만나면 반가워

서로가 환한 얼굴로 미소 지으며
사랑스러운 눈으로 바라보네
하하 호호
화기애애한 정담 나누네

헤어지기 싫어 못내 아쉬운
눈빛이 선연해
언제 또다시 만나서
재미있고 행복한 이야기꽃 피울까
만날 날을 기다리며.

누구를 위한 삶인가

사는 게 무엇인지
왜 사는 것인지
무엇을 바라보고 사는 건지
저 절벽으로 떨어지려나

그것도 믿었던 그가
희망의 날개 꺾어버리니
용기 없어지고 소외감으로
저 밑바닥까지 떨어져
한없이 울고 싶고
이 세상 살기 싫어진다

누구를 위한 삶인가
나를 위한 삶인지
남을 위한 삶인지

그 언젠가 다시 소생하여
펼칠 날이 있을는지

뜻이 있는 곳에 길이 있다
이젠 나를 위한 삶으로 바꾸어
하늘을 나는 내 삶으로 살리라.

내 사랑

내가
뭐라고 말하지 않아도
나의 마음 다 알아
내가 하고 싶은 것
벌써 다 해놓는다

그러나 때론
나의 마음에 안 들 때도 있다

내가 해야지 마음속으로
생각하고 있는데
먼저 말해 버리면
내가 화가 난다

그래도
나의 일편단심
당신이 있기에 내가
행복한가 보다.

도깨비장난

예전에 시골 우리 집에
어느 날 아침에 일어나 보니

대청마루에 시루떡 한 접시
누가 가져다 놓았을까

궁금하면서도 먹으라고
놓고 갔겠지, 맛있게 먹었는데

그 이튿날도 마찬가지
떡이 또 있네

도깨비의 장난이었다고
어머님이 말씀하시네!

부모의 마음

어버이 애지중지 곱게
사랑으로 키우며

잘못된 것은 올바르게
훈육하며 가르치고

이 세상에서 또는 어디서든
꼭 필요하고 훌륭한 사람이
되기를 소망하는 부모의 마음

늘 자녀를 위해 기도드리네!

삶을 그리며

한 편의 좋은 시
그 향기는 오래간다

그 꽃 피우기 위해
긴긴 세월
문학소녀의 꿈을 꾼다

한발 한발 나아가
시를 쓰고 또 쓴다

삶을 그리며

흘러가는 세월과 함께!

겨울을 재촉하는 비

가을 속으로 쏙 들어온 날씨
옷깃을 살짝 여미게 하네

아침부터 보슬비가
온종일 꾸준히 내리면서
조금 쌀쌀한 것 같네

겨울을 재촉하는 비인가?
춥지도 덥지도 않은 지금
이대로가 좋은데

사계절의 법칙이니 어찌
거스를 수가 있겠는가
앞으로 더 추워질 텐데
옷 따뜻하게 입고
서로 사랑으로 감싸며 살아가세.

돼지불고기

벼르고 벼르다
큰마음 먹었다
오늘은 친구와 만나
돼지불고기 먹기로

따르릉따르릉
전화 거니
웬일이야
응, 나하고 식사하자고
내가 맛있는 거 사줄게
그래 알았어

친구와 만나 불고기도 먹고
커피숍에서 커피도 마시고
정담 나누며
지난 옛 추억을 회상해본다.

손전화

예전에 전화가 드물었던 시절
공중전화에 가서 전화 걸기도 하고
어느 집에 전화가 있으면 그 집
전화번호를 가르쳐 주면

여보세요!
아, 저 누군데요
우리 엄마 좀 바꿔주세요
하면 쪼르르 달려가서
전화 받던 시절

지금은 세월이 흘러
손에 스마트 폰
초등학생들까지도 다 들고
다니는 세상

어디서든
여러 가지 카톡 문자 게임
은행에 볼일, 좋은 점도 있지만
나쁜 점도 있다

너무 많이 들여다보면
눈도 나빠지는데
세상이 많이 변해
잘사는 나라가 되었네!

함박눈

새벽기도 가려고 집에서 나오니
온 세상이 하얗게 눈으로
소복하게 쌓여 깨끗하게 장식하였네

눈길을 밟으니 발걸음 옮길 때마다
뽀드득뽀드득
기분과 마음이 깨끗하고 상쾌하다

어렸을 때의 기억
눈싸움 썰매 타며
손을 호호 불어가면서도
즐겁기만 하던 기억
강아지도 제 세상 만난 듯
팔짝팔짝 뛰어다니며 좋아한다

어렸을 때를 회상하면서
하얀 눈처럼 나의 마음도
깨끗하고 시기 질투 욕심 없이
온유하고 겸손한 마음
사랑으로 모든 것을 감싸며

베풀면서 살아간다면
모두가 행복하고 평안할 텐데
그런 날이 오길 소망하며.

크리스마스이브

눈이 내리네
함박눈이 소리 없이
소복이 쌓이네

지붕 위에도
나무 위에도 하얗게
내리는 곳마다 그림을 그리네

그대와 정답게 손잡고
눈길을 걷던 옛 생각
새벽 송 돌던 추억
눈을 맞으며
집집이 찾아다니며
찬송가 불렀네

추운 줄도 모르고
고요한 밤 기룩한 밤 부르며
다니던 그때의 크리스마스이브는
다시 오지 않겠지
그 시절이 그립구나!

눈물의 인생길

우주 만상 자연을 바라볼 때
평온한 신비로움
평화스러운데

우리네 삶은
근심 걱정이 많은 것 같네
털어서 먼지 안 나는 집 없다고
여기저기 사연 들어보면
안타까운 마음

눈물의 인생길
무거운 짐 내려놓기 힘든 세상
언제나 고통 없이
활짝 웃는 날이 찾아올까?

고생 끝에 낙이 온다는 말이 있듯이
인내로 견디다 보면
웃음이 넘치는 행복한 날이 오겠지

그날을 기대하며
힘내자 파이팅!

시간의 흐름

한여름 무더위도
시간의 흐름에는 어쩔 수 없는지
뜨거운 손길 거두고
올해도 추석이 어김없이 찾아오네

유난히 더운 날씨에
지친 이들을 위로해주고 싶어서일까?

물가가 비싸서
걱정스러워하는 주부들의 모습

우리 조금씩 절약해서
기쁘게 가족끼리 즐거웠던
지난 이야기 나누면서
넉넉한 한가위 명절 되기를!

물가 상승

요즈음 시장에 가보면
물가가 너무 많이 올라간다
붕어빵도 그전엔 천 원에 다섯 개
4개 3개 하더니
지금은 2개가 천 원이라고 하니
너무 비싸다

무엇을 살까 이것도 만져보고
가격을 물어보면
비싸서 도로 놓고 그래도
콩나물은 조금 싼 것 같다

콩나물 사서
나물 무치고 콩나물국 끓여서
온 가족 맛있게 먹는 모습 보니
마음이 흐뭇하고 좋은데
물가 상승으로 살기 어려워
안타까운 마음이 든다.

서낭당

서울 영등포구 신길동에서 태어나
3살 때 6·25전쟁이 터졌다

엄마 등에 업혀 충남 의당으로 피난을 갔다
우리 집은 산 중턱에 있었고
아래로는 금강이 유유히 흐르는
아름다운 산장

개척교회 장로님이신 아버지
새벽이면 땡그랑땡그랑 종을 치면
교인들이 모여 예배드린다

어느 날 나무하러 가는 청년들이
우리 집 앞을 지나면서
"예배당에서 구원 준다고 하더니
신발 훔쳐 가더라"는
노래를 부르며 지나간다

어느 주일날 내 친구들이 예배드리고
자기 집에 놀러 가잔다
굽이굽이 산을 두 개나 넘어서 가는데
친구가 나에게 돌을 주워 주면서
저기 가다가 큰 나무가 있는데
그 돌을 그 나무에다 놓아야 한단다

왜 돌을 놓는데 하니 거기에다
돌을 안 놓으면 발이 안 떨어져
집에 못 간다는 것이다
알고 보니 그곳이 서낭당 나무였다

저녁을 먹으며 아버지께 말씀드렸더니
다음부터는 그렇게 하지 말라 하신다.

메밀꽃과 꿀벌

메밀꽃은 작은 꽃들이 모여
은은하게 온 세상을 환하게
눈송이처럼 밝다

메밀꽃에 호랑나비가 찾아와
놀자며
입맞추고 춤을 춘다
벌은 열심히 일하기에 분주하다

메밀꽃 피면
아버지는 벌통을 근처에
갖다가 놓으신다
벌들은 열심히 꿀을 나른다

아버지가 꿀을 짤 때
작업복을 입고 얼굴에는 망을 쓰고
꿀통에 손잡이를 돌리면
꿀이 비 오듯이 싸 쏟아진다

벌들이 열심히 일했구나
벌들아 고맙다
어느 날 벌통 앞에 벌이 죽은 거 같아서
불쌍한 생각이 들어
벌을 손으로 잡았더니
내 손을 콕 물고 달아났다
얼마나 아프던지
생각지도 않게 벌침을 맞았네!

행복한 삶

어화둥둥 내 사랑아

젊어서는
어른 모시고 사느라
사랑이 뭔지도
모르고 살았는데

나이 들어가며
흐르는 세월
서로 아끼며 사랑하며

여생을 건강하게
옛이야기 하며
오래오래.

삶의 旅程과 성찰의 抒情 詩學

- 김덕신 시집 『메밀꽃이 필 때』

張 鉉 景

(시인, 문학평론가)

삶의 旅程과 성찰의 抒情 詩學

- 김덕신 시집 『메밀꽃이 필 때』

張 鉉 景

(시인, 문학평론가)

1. 글머리에

바람이 불고 비가 내려 땅이 열린다. 사각거리는 댓잎 소리와 때리는 물방울 소리에 새로운 싹이 깨어나고 고동치는 생명력이 눈으로 틔어 솟아오르는 맹아(萌芽)를 그리며, 김덕신 시인의 시 세계에 젖어 본다. 첫 번째 시집을 상재하는 선영(仙暎) 시인의 원고를 탐독하면서 예술의 궁극적 효용 가치는 즐거움을 주는 데 있다는 것을 감지할 수 있었다. 시가 줄 수 있는 쾌감은 다의적(多義的) 의미와 내용을 지닌다. 즉 우리의 어두운 마음을 정화하고 밝게 한다.

선영 시인은 어린 시절부터 글 읽기를 좋아하였을 뿐 아니라 오래전부터 시를 마음의 서재에 꽂아두고 시와 객관적인 거리를 유지하며 내적 성찰에 몰입을 기울이다가, 고희(古稀)를 지나 2018년 겨울에 시로 등단, 2019년 여름에 수필 등단, 2022년 여름에 시 문학상을 수상하였다. 신인상을 받은 후 마음의 서재에 생기를 불어넣은 듯 창작의 열정을 쏟고 있다. 그녀는 이어 희수(喜壽)를 1년 앞두고 첫 시집 『메밀꽃 필 때』를 발간하게 되어 기쁘기 그지없다.

'시는 시인의 얼굴'이라고 말한다. 시로 그 사람을 볼 수 있기 때문이다. 시란 삶의 노래이므로 사람의 일상이 얼핏 같아 보이지만 생각에 따른 삶의 표현 방법은 제각각이다. 선영 시인은 서울에서 태어나 6·25 사변이 일어나자 충청도로 이사를 가 어린 시절을 보내다가 다시 서울로 오게 되었다. 독실한 크리스천으로 김덕신 시인의 시들은 대체로 소박하고 있는 그대로의 사실과 자연의 아름다움을 표현하고 있어 읽기가 쉽다. 오스카 와일드는 '고뇌는 삶을 위해서 있다'고 했다. 끊임없이 사유하고, 번뇌하며 시작(詩作)의 공고화를 도모하려는 시인의 모습이 아름답다.

2. 삶의 아름다움과 고뇌(苦惱)의 즐거움

가을이 지나 겨울이 되니
온갖 꽃도 지고
나뭇잎 다 떨어져
앙상한 가지만 남아

혹한의 추운 겨울
모진 비바람과 눈보라 속에
이젠 다 죽었다고 생각했는데

어떻게 봄인 줄 알고
노란 새싹을 쏙 땅속에서 내민다
겨우내 눈비로 뿌리가 물을 먹고
살았나 보다

파릇파릇 새싹으로 나무가 파랗게
새 옷으로 갈아입고
봄이 되었다고 알려준다

봄은 힘과 희망으로
우리의 마음을
기쁘게 해주는 계절.

--「봄」全文

　누구나 그러하겠지만 선영 시인은 대체로 마음씨가 따뜻하고
인간미가 넘치는 사람들을 선호한다. 그리고 사랑이 가장 근원적
으로 실현되는 자연을 사랑한다. 김덕신 시인이 추구하는 이상향
은 가까운 곳에 있고, 새로 탄생하는 구상력(構想力)으로 이상향의
실체가 펼쳐진다. 세월이 흐르고 꽃이 피고 지는 자연에 시인은
탄성을 올린다. 선영 시인의 시는 누구에게나 공감할 수 있는 시

이다. 쉽게 읽히고 느낄 수 있어 독자는 일상에 찌든 심성을 교정
하고 위안할 수 있다.

> 예전엔 뒷동산에 올라가 보면
> 할미꽃이 많았던 것 같은데
> 요즘은 보기가 드물다
>
> 옛날 전설에 나오는 꽃인가
> 어쩌다가 허리가 꾸부러졌는지
> 쓰러질 것만 같아
> 얼굴이 땅에 닿을 것만 같아
> 안타깝네
>
> 젊어서는 연지 찍고 곤지 찍고
> 할미꽃도 예뻤을 텐데
>
> 우리 인생도 젊어서는 예쁜데
> 서러운 인생살이
> 늙으면 볼품이 없네!

-- 「할미꽃」 全文

　할미꽃은 꽃이 진 뒤에 촘촘하게 난 긴 깃털이 할머니의 흰 머
리카락과 같이 보인다고 하여 붙여진 이름이다.　할미꽃은 단순
한 서정시의 소재가 아니다. 세상살이가 힘들고 고생스러움을 비

유적으로 이르는 말이다. 할미꽃의 이미지는 누구에게나 공감되는 객관성을 지닌다. 선영 시인은 할미꽃이 젊어서는 예쁜데 늙어서는 볼품이 없다고 하였다. 그렇지만 고개를 숙여 겸손의 의미를 나타내고 있다. 김덕신 시인은 인간 존재의 관념과 자연을 바탕으로 시적 정서가 중심이 된 서정의 시 세계를 펼치고 있다. 즉 그녀의 서정시 시 세계에서 편안하고 정갈함을 발견할 수 있다.

학교 다닐 때 추운 겨울 손을 호호 불며
보리밭 밟던 때가 생각난다

왜 보리밭을 밟아 주어야 하는지 알지도
못하고 친구들과 신이 나서 추운 줄도 모르고
보리밭 밟았던 기억 이제는 알 것 같다

가을부터 겨울 동안 보리를 발로 밟아주면
뿌리가 땅속 깊은 곳까지 파고들어
더 많은 수분을 흡수하고 겨울철 땅속
수분이 얼면서 땅 위의 표면을 들어 올리는
현상을 서릿발 작용이라고 하는데

올려진 상태에서 식물이 죽을 수 있어
자주 흙을 밟아 주어 뿌리가 얼지 않도록
예방한다는 자연의 이치 속에 사람의
도움으로 보리가 자라듯

우리의 삶 속에서도
아픈 고통을 견디면서 지인의 도움과 인도로
새 희망과 꿈을 펼쳐
나간다면 언젠가는 기쁨의 날이 오리라.

-- 「보리밭 밟기」 全文

보리밭 하면 리틀엔젤스(Little Angels) 등 여러 가수가 부른 노래로 세월이 지난 후에도 기억이 떠올라 잊을 수가 없다. 우리의 삶 속에 배고픈 시절의 진실이 시인의 작품에 드러나 돌아보면 자신의 눈물과 애환으로 가슴 한구석에 선명하게 서려 있다.

시인에게 일상은 삶의 굽이마다 보리밭 밟기와 시 창작으로 이어져 봄날 초록빛에 불을 켜는 향기로움을 불러일으킨다. 그것은 모두 선영 시인의 언어 속으로 모여 작품 하나를 이룬다. 보리밭 그 이랑마다 배를 쪼그리게 했던 시절이 있었다. 역사 이래로 긴 세월 모두가 배고픔의 아픈 세월이었다. 학창 시절 손을 호호 불며 보리밭 밟던 때가 생각나는 선영 시인에게는 이제 아름다운 시가 있고 금혼식(金婚式)을 치른 행복한 가정이 있다.

장미꽃 향기
그 향기 정말 좋아
향기는 좋은데
가시가 있어서 아프다

사랑은 누구나 다 좋아한다
뜨거운 사랑 애틋한 사랑
아기자기한 사랑
그 사랑이 떠나갈 때
마음이 아프다

가시 없는 장미
눈물 없는 사랑

혹시 저 산 너머엔
향기만 있고
행복만 있다면
그곳에 가고 싶다.

-- 「행복 찾아」 全文

　시인이 즐겨 찾아가는 곳에는 자신만이 느끼는 즐거움, 쾌감,
은밀한 행복이 있다. 그곳은 노래 부르며 춤추는 노래방도 아니
고 화려한 불빛 아래 정담(情談)을 나누는 술집도 아니다. 가시가
없는 장미꽃 향기, 떠나지 않는 애틋한 사랑 눈물이 없는 행복만
있는 곳임을 짐작할 수 있다. 신영 시인은 고독하거나 울적한 날
행복을 찾아 혼자만의 시간을 보내다가 해가 서산에 넘어갈 때
아쉬운 발걸음을 돌리곤 했던 것을 짐작할 수 있다. 그곳이 어디
인가 궁금하여 작품들을 더 살펴보았더니 신앙심이 깊은 기독교

인으로 하나님의 세계였다. 여러 편의 시를 다 소개하지 못하지만, '혹시 저 산 너머엔/ 향기만 있고/ 행복만 있다면/ 그곳에 가고 싶다.'에서 그녀의 종착지를 유추(類推)할 수가 있다.

가을 하면
먼저 떠오르는
푸른 하늘과 시원한 바람

한들한들 춤추며 떨어지는
빨간 단풍잎 편지
코스모스 잠자리 들국화

그 잎사귀와 꽃잎들
자기의 향취 풍기며

오곡백과 풍성한 과일
보기만 해도 부자 된 듯
마음마저 든든하고

가을 향기 묻어나는
향수에 젖네.

-- 「가을」全文

시는 영혼을 담는 그릇으로 선영 시인은 일상적 삶의 현장에서의 체험을 시적 경험으로 잔잔하고 아름답게 그려내고 있어 독자들이 쉽게 그녀의 시 세계를 음미할 수 있다. 게다가 '한들한들 춤추며 떨어지는/ 빨간 단풍잎 편지/ 코스모스 잠자리 들국화// 그 잎사귀와 꽃잎들/ 자기의 향취 풍기며'에서처럼 지나친 알레고리를 자제하면서 의태어로 적절히 병치하여 가을이 오는 소리가 들리는 듯 묘사했다.

이 시의 성격은 관조적인 태도로 삶을 통찰하고 있으며 애상적 분위기를 자아내고 있다. 시간적 순서에 따라 시상이 전개되며 가을의 자연현상을 통해 인간 삶의 모습을 다루고 있다. 코스모스 잠자리 들국화 오곡백과 과일 등은 가을 분위기를 나타내는 소재들이다. 즉 인간의 보편적 삶의 모습이 자연의 순리에 따르는 삶과 같다는 것이다.

한없이 흐르는 세월 속에
말도 없이 잘도 가는구나
아무도 잡을 자 없으니

사계절은 잘도 바뀌고
시간은 째깍째깍
쳇바퀴 돌 듯 잘 돌고

지나간 모든 것이
그리움으로 남는구나.

-- 「그리움」全文

우리 시인들에게는 아침부터 저녁까지 아니 잠자는 시간까지 하루 24시간 수많은 사건과 사물이 뇌리를 스쳐지나 간다. 고인 물처럼 순간적으로 정지되기도 하고 바람처럼 이동하기도 한다. 이렇게 일상에 나타난 소재들이 시인의 감성과 교감하여 감동적인 이미지로 그려질 때 한 편의 시가 탄생한다. 세월이 흘러 나타난 흔적은 우리의 삶에서 그리움은 누구에게나 필연적으로 찾아옴을 쉽게 말하고 있다.

그리움의 과정에 있게 되는 절망과 좌절, 욕망과 허무, 그 고통으로 인해 시의 세계로 접근하는 길은 험난하고 고독하다. 시간은 째깍째깍 흐르고 끝끝내 시인은 지나간 모든 것을 그리움으로 남긴다.

김매는 어머니의 손등에
동동 구리무 발라 드려
명주처럼 곱고
예쁜 손

부드럽게 문질러서
학의 날개와 같이
곱게

만들어 드리자.

-- 「어머니의 손」 全文

이처럼 외적 체험의 현장에서 시적 성찰로 시인은 시 세계를 형상화하고 있다. 즉 시인의 의식과 정신적 내면이 상징과 은유의 이미지로 나타나 시인은 시공(時空)을 넘나들며 그 의식과 정서를 드러낸다. 그리 오래되지 않아 우리의 어머니들은 새벽에 일찍 일어나 저녁 늦게 잠잘 때까지 쉬지 않고 움직인다. 아침 식사부터 일 철에는 하루 다섯 끼니를 준비하고, 아이 키우고, 노부모를 봉양하고, 틈이 나는 대로 들에 나가 일을 한다. 아플 시간이 없을 정도다. 시인은 삶의 외진 길을 걸으며 여인의 아름다움을 추구하고, 그 삶의 소중함을 노래하고 있다. 화자는 '동동 구리무 발라'에서 삶의 향기를 깨닫게 하여 인간 존재의 존엄성을 그리고 있다.

3. 맺음말

선영 시인은 자신이 바라보는 사물이나 체험적 사건들에 시인의 정서를 투사하면서 시적 모티프를 표출해내고 있다. 이 시집을 읽는 독자들은 진실한 마음을 바탕으로 상상력으로 기품 있게 써 내려간 시의 참맛 글의 묘미를 맛보게 될 것이다. 물질문명이 만연하고 있는 가운데 우리 인생이 추구해야 할 목적이 무엇인지 보여주고 있다.

시는 내 마음을 밝히는 꺼지지 않는 혼(魂)불이라고 했다. 독특한 표현이고 깨달음이다. 시는 시인의 목소리를 담아낼 때 바람직한 현상이 도출된다. 선영의 시는 고요하다. 열정의 메시지를 함축하기도 하고, 자신만의 목소리를 나타내기도 한다. 시의 본질은 어디까지나 서정성이다. 오래전부터 시인들은 시적 모티프에 부합되는 성찰의 메시지를 담아내려고 노력해왔다. 특히 시인의 개성 한 단면이 시로서 쉽게 표출되어야 한다. 그렇지만 뜻을 이루어 크게 성공하는 시인들은 많지 않았다.

선영의 시에는 삶의 애환을 내포하고 있지만, 모두 포용하는 넓은 품을 가지고 있다. 이것은 선영 시의 가장 큰 장점이다. 선영의 시는 서정의 토대 위에서 작품화되지만, 화자의 시가 쉽게 읽히면서도 감동적인 것은 강렬한 시적 모티프에 의해 농축된 사상에 근원적인 정서가 자연스럽게 녹아 있기 때문이다. 선영 시인은 자아 탐구를 거쳐 사랑과 종교의 세계로 이르기까지 그 고된 시적 역경 속에서 따뜻함을 잃지 않는 시 세계를 가지고 있다. 겨울의 고통을 인내하고 피는 봄의 꽃들이 탄생의 기쁨을 기다리듯, 독자들은 봄에 꽃이 피는 기쁨을 함께할 것이다.

메밀꽃 필 때

초판인쇄 2023년 2월 6일 초판발행 2023년 2월 11일

지은이 김덕신
펴낸이 장현경 펴낸곳 엘리트출판사
편집 디자인 마영임
등록일 2013년 2월 22일 제2013-10호

서울특별시 광진구 긴고랑로15길 11 (중곡동)
전화 010-5338-7925
E-mail : wedgus@daum.net

정가 12,000원

ISBN 979-11-87573-37-1 03810